im LOOP

Texte aus dem deutschen Netz 1999 – 2006

Eine Literatur, die radikaler ist.

Eine Literatur, die populärer ist.

Eine Literatur, die intelligenter ist.

Eine Literatur, die sinnlicher ist.

Eine Literatur, die ernsthafter ist.

Eine Literatur, die leichter ist.

Eine Literatur, die gegenwärtiger ist.

Abenteuerliteratur.

Herstellung und Verlag:

Books on Demand GmbH, Norderstedt

ISBN: 978-3-8334-7050-9

© Fabian Lutz 2007

Umschlagfoto: Susanne Heinrich

Satz & Gestaltung: Mario Lorenz

```
LOOPLOOPLOOPLOOPLOOPLOOPLOOPLOOPLOOPLOOPLOOPLOOPLOOPLOOPLOOPLOOPLOOPLOOPLOOPLOO
LOOF~~LOF~~ZLO~~~~~BO@~~~MOF~~~~~LO~~~BOM~~ZLOOPLOOPLOOPLOOPLOOPLOOPLOOPLOOPLOO
LOOP  ZP    M[  _O,  O' , J@  jL  ZF   _  O'  _PLOOPLOOPLOOPLOOPLOOPLOOPLOOPLOO
LOOPL  ' jL ~  jLO, ~ _O. '  _LOz "  Oe "  OPLOOPLOOPLOOPLOOPLOOPLOOPLOOPOOO
LOOPOe  _LO, qLOOb   LOL  _LOOP, qLO, jE   OPLOOPLOOPLOOPLOOPLOOPLOOPLOOPLOO
LOOPLOOPLOOPLOOPLOOPLOOPLOOPLOOPLOOPLOOPLOOPLOOPLOOPLOOPLOOPLOOPLOOPLOOPOOO
LOOPLOOPLOOPLOOPOf  JLOOPLOOPLOOPLOO;  JLOOPLO@~    ~MLOM"~     ~MO@       ~LO
LOOPLOOPLOOPLOOPO@^^MOPPM@"~9O@""MLO;  JLOOPO'  _mOm,  4M'  jmOm   ZE    LOz  JO
LOOPLOOPLOOPLOOPOf   JO  __   __   O,  JLOOPM  LOOPf   f   LOOPf  J@   ~~'  jO
LOOPLOOPLOOPLOOPOf   JM   LO   LO   O!  JLOOPO   BLOO[  _b   LOOP'  jh    wwwLOO
LOOPLOOPLOOPLOOPOf   JO   LO   LO   O1      Zb   ~~'   gOz,   ~~   jOL   LOOPLOO
LOOPLOOPLOOPLOOPObwwLOwwwLOwwwLOwwwOgwwwwwwwdLOmwwwwwLOOPLOmpwwwwmLOOPwwwLOOPLOO
LOOPLOOPLOOPLOOPLOOPLOOPLOOPLOOPLOOPLOOPLOOPLOOPLOOPLOOPLOOPLOOPLOOPLOOPLOOPLOO
LOOPLOOPLOOPLOOPLOOPLOOPLOOPLOOPLOOPLOOPLO@~~~^  jOM@~~~~MMPLOOPLOOPLOO
LOOPLOOPLOOPLOOPLOOPLOOPLOOPLOOPLOOPLOOPLOOPO6  _w,  JP  _wm,  BLOOPLOOPLOO
LOOPLOOPLOOPLOOPLOOPLOOPLOOPLOOPLOOPLOOPOMMMO,  MO@  jf  _____jLOOPLOOPLOO
LOOPLOOPLOOPLOOPLOOPLOOPLOOPLOOPLOOPOf   JL  ~  JO  ~"~~~ZPLOOPLOOPLOO
LOOPLOOPLOOPLOOPLOOPLOOPLOOPLOOPLOOPLOmmLOOmmmMmmLOOPmwmmOOPLOOPLOOPLOO
LOOPLOOPLOOPLOOPLOOPLOOPLOOPLOOPLOOPLOOPLOOPLOOPLOOPLOOPLOOPLOOPLOOPLOOPLOO
```

VORWORT

Vielleicht ist es wie mein lieber (leider viel zu früh verstorbe-
ner) Freund und Schriftsteller Heiner Link einmal sagte: Das
Internet taugt für alles Mögliche, nur für eines nicht – man
kann dort keinen trinken gehen. Die Internetadresse
www.imloop.de war für mich und viele andere zumindest eine
Art literarisches Teehaus, in dem das eigene Wasser und das
der anderen gekocht wurde.

Nur soviel steht fest: 1999 baute sich die Popliteratur rund um
Sven Lager, Elke Naters und Christian Kracht ein Gästebuch,
eines das die Bewunderer von den Stars trennte: Die lagen
tagaus, tagein am www.ampool.de und sonnten und streckten
sich im kurzen, aber heißen Licht des Feuilletons. Fortan gab es
die Poolster und die Loopster, auch Poolis und Loopis genannt.
Man traf sich bald auch im wirklichen Leben, man lernte sich
kennen und wieder aus den Augen verlieren. Im Loop schrieb
man, auch Literarisches. Hauptsächlich aber schwätzte man
herum und scherzte. Man stellte sich dar und andere bloß,
machte sich Hoffnung oder seiner Verzweiflung Luft. Man
schlug unter Decknamen aufeinander ein, befreundete, ver-
letzte sich, lernte sich hassen und lieben. Und üben. So gut,
dass heute bereits drei Autoren dieses Bandes bei Suhrkamp,
Tisch7 und Luchterhand veröffentlichen.

Der Herbst kam, es wurde kalt. Farbe blätterte vom blauen Pool, darunter war es grau. Blätter und Ungeziefer fielen ins Wasser, die Liegestühle rosteten. Irgendwann wurde das Wasser abgelassen. Die Popliteraten zogen weiter, gerne ins Ausland oder in Vergessenheit. Die Loopster standen am Zaun und schauten zu. Man hätte einfach gehen können, den alten und neuen Helden hinterher. Ein paar taten das auch. Die meisten blieben. Andere kamen zurück. Wenige dazu. Hier war es schön. Der Loop wurde mit den Jahren unersättlich, gebar immer mehr Müll und Dreck, drohte immer wieder zu ersticken. Doch dann warf irgendwer ein geniales Wort hinein oder eine Idee und alles wurde kräftig durchgepustet, wie ein verschlammtes, stinkendes Abflussrohr.

Denn darum ging es, auch wenn es nicht immer zu erkennen war: Um Literatur, um gemeinsam geschaffene Kunst. Um freie Gedanken, freie Formen und Geschichten, Gedankenfetzen, unverdaulich und unabhängig von Verlagen, Lektoren und der ganzen großen Buchindustrie, die heute, wie immer schon, nach frischen Fräuleins und Herrleins verlangt, jeder Strömung und jedem Fähnchen gerecht. Für diese Idee werfe ich auch heute wieder etwas hinein, für das Dazwischen, das Literarische.

Einfach so.

Der Herausgeber

Mit liebem Dank an die Autoren und den wunderbaren Webmaster des Loops, Mario Lorenz.

INHALT

WIR SCHREIBEN INS VERSCHWINDEN

Ja, genau.

Das ist das Schreiben ins Verschwinden.

Sozusagen schon die Zeile im Grab der Zeit.

Nur noch zu lesen, wenn schnell in die noch offenen Erde
geschaut wird.

Das ist nie und nimmer ein Buch.

Das ist wie ein flüchtiger Tanz zwar zum Bild werden kann,
aber ein Bild niemals zum flüchtenden Tanz.

Was geschieht dann im Intermedium?

Danach grabe ich, verzweifelt mit aufgerissenen Fingerkuppen
dahingaloppierenden Cookies, ohne Unterlass.

Herzblut. Das Blut der Madonna.

Heiligenblut.

Plötzlich rinnt es über meine Lippen.

Morgen reiten die Clubs darüber.

Alinia, Alpencity

*

DAS IST ALLES SCHAMLOS

Als ich dann Kim Wachtveitl sehe, wie er durch die Menge zu uns an den Tisch kommt, richte ich mich auf, die Augen weg von Tims Gesicht. Uns allen war es etwas langweilig geworden, und die Gespräche ebbten ab, unter der ziemlich schlechten Musik, und der Dessertteller steht noch auf dem Tisch, aber niemand isst mehr davon, selbst Noël nicht, die sehr hungrig war, vor kurzem noch. Leider hatten wir nichts über die Ladies Night im Spasso gehört und saßen verdutzt am Tisch, als Noël und Masha mit Emy and Tim hineinkamen, alle mit schön dick gekohlten Augen, von irgendeinem Catwalk kämen sie gerade, und Noel hätte das organisiert und Tim wäre nur auf Durch-reise, eigentlich ist er Maler, und Robert redete mit Noël über etwas Langweiliges, und Tim erzählte mir, dass er in Kanada lebe, seit 15 Jahren schon, er wäre aber eigentlich aus Ham-burg, und der Dialekt käme von seinen schwäbischen Mitbe-wohnern, die er irgendwo gehabt hatte. Kim umarmt mich jetzt und setzt sich nicht, und wir reden ganz rasch über Le Norman-die und über – sehr verdutzt – D.K. und über Datenströme in Vietnam (aber das hätte auch an einem ganz anderen Abend sein können) und über Partys, die Frederic organisiert, und über den ehemaligen Pastry Chef des Oriental, der später im Spasso strippen wird, und noch einmal über die Met Bar und über Placebo und über digitale Fotos und über Bangkok Airways und über seinen Namen gegoogelt. Leider kommt Thomas vor-bei, aber ich winke ihm nur müde zu, und Orasa schaut vorbei und Pansiri, und ich nehme mir vor, nächstes Mal wieder meine Kamera mitzunehmen. Wir trinken Cranberry-Wodka und doppelte Espressi. Dann wird der Dessertteller abgeräumt, endlich. Wir rauchen alle, außer Kim natürlich. Sechs verschiedene Zigarettenschachteln liegen auf dem Tisch. Leider riechen die Toiletten später schlecht. Das alles ist schamlos.

TomTom, Bangkok
*

HERZ VERSCHENKT

Also körperliche Liebe, und dann sagt er noch, dass er sein Herz verschenkt hat. Das reicht, Herz verschenkt, wenn sie so was schon hört. Also keine körperliche Liebe. Zum Abschied gibt sie ihm noch eine Cola aus und murmelt, er brauche sich keine Sorgen zu machen, wegen der Scheidung. Und dann sind sie wieder so was von wohlerzogen, sagen Danke und Bitte und geben dem Nachholer Bier aus, bis er fast von der Empore kotzt. Dauernd muss sie auf ihre Krokotasche aufpassen, man weiß ja wie viel hier geklaut wird. Die Klos sehen aus, als wäre die altbewährte Benutzung den hier Anwesenden völlig unbekannt, und sie denkt es wieder und wieder, das kleine hässliche Wort. Kann einfach nicht anders. Der Schweizer nennt sie Luder, das ist fast wie Herz verschenkt und findet sich nicht devot genug. Aber heute ist ja auch noch ein Tag, eine Nacht noch dazu. Außerdem hat sie keine Vorurteile mehr. Und von E. ist Post gekommen. Er hat sich wohl viel Mühe gegeben, die fundamentalen Neuigkeiten so lapidar klingen zu lassen. Aber die Interpunktion hat ihn verraten. Wenn bloß nicht immer alles so durchsichtig wäre.

LOTOS, Berlin
*

EINKAUFSLISTE 3.5.2002

100 gr Mortadella

1 Bund frische Lauchzwiebeln

1 ltr. Milch

1 Glas Mettwurst, gekocht

1 Glas Tomatenmark

1 Flug London

1 Flug Hong Kong

1 ltr. Rotwein

1 Waschmaschine

1 Päckchen Alfalfasamen

The Crab, HongKong
*

KLEINE AUSEINANDERSETZUNG MIT DER REALITÄT

Mein Tageshoroskop bei Tomorrow.de: Schieben Sie das jetzt bloß nicht länger vor sich her! Heute ist Montag, und Sie sollten dem langen Gerede endlich einmal Taten folgen lassen!

Nach dem Duschen dann bei Max-Online mein Horoskop gelesen:

Wenn Sie die vergangenen Monate als sehr angenehm empfunden haben, mag dies berechtigt sein; doch seien Sie auf der Hut, ob sich nicht hinter den Kulissen Schwierigkeiten auftürmen. Denn der Januar verführt zu einer mitunter etwas mystischen Haltung dem Leben gegenüber. Ab Februar schweben Sie vermutlich vor lauter Glückseligkeit, weil Sie einem wunderbaren Wesen begegnen. Im Mai wird sich herausstellen, ob der Zauber der Wirklichkeit standhält. Die Auseinandersetzung mit der Realität beginnt bereits ganz vorsichtig im März und dauert bis Ende Juni. In dieser Zeit fühlen Sie sich vielleicht in Ihrer Aktivität und Vitalität eingeschränkt und würden sich gerne aus dem Alltag wegträumen. Sie haben nun aber auch die Chance, kreative Fähigkeiten, Mitgefühl und erhöhte Sensibilität zu entwickeln. Da die zweite Jahreshälfte relativ ruhig verlaufen wird, können Sie sich in Ruhe diesen Dingen widmen und daran gehen, Ihre Träume zu verwirklichen.

Aristide, Pan Am

*

BILDER GERADE BIEGEN

Ich drehe den Schlüssel um, die Nummer stimmt, ich knipse
Licht an. Die rote „Nicht stören" Karte baumelt von innen am
Knauf, ich lasse sie hängen. Der Teppich hat die Farbe gewech-
selt, das Bett ist frisch bezogen, jemand vom Hotel scheint sich
Zugang verschafft zu haben. Ich lege mich aufs Bett, schließe
die Augen, versuche, nicht mehr an den vergangenen Abend zu
denken, betrunken genug bin ich. Hoffentlich hält der Magen,
ich versuche, die Bilder wieder gerade zu biegen. Netter Versuch, aber sinnlos. Schnell sperre ich die Augen auf und
krümme mich. Klagendes Gestöhn, das niemand hört. Dann
bemühe ich mich um Konzentration. Mit den Zeigefingern
drücke ich vom Nasenbein gegen die Augenlider, sodass zwei
weiße Klammern sichtbar werden. Gleichzeitig spult sich ein
kleiner Text ab: „Morgen leihen wir ein Auto und fahren an den
Strand", lautet er zunächst, kippt dann aber in etwas Lächerli-
ches, tauscht Wörter aus und verschwindet langsam hinter sich
vorschiebenden Bildern.

Viel später wird ein Tuscheln laut. Das Tuscheln scheint schon
eine Weile zu gehen, jetzt dreht es sich auf, blendet sich ein.
Dann wird es zu einem Rascheln, zu einem ungeölten Knarren,
das versucht, leise zu sein. Jemand schleicht sich über den
Teppich, streift sich Schuhe ab. Füße in Nylon. Sie ist es. Langsam schließt sie die Tür, versucht, sich mit Hilfe des Mondlichts
im Zimmer zu orientieren. Ihre Hände tasten die Wand entlang,

erfühlen die Raufasertapete, prüfen die harte Bettkante, weichen weg. Ein Licht geht an, sie hat das Bad erreicht, ich drehe mich zur Seite.

Später schnarcht sie, wird schwer. Belastet den Brustkorb. Ich fühle mich paralysiert, möchte frei sein, mich bewegen, atmen können, vorsichtig lege ich ihren Körper zur Seite. Ich wühle mich zurecht und schließe wieder die Augen. Die Stimmen purzeln, hinter den Lidern taucht eine Dame mit blau getuschten Augen auf und einem Schal, sie spricht französisch mit einem Schaffner, der mir bekannt vorkommt. Der Bruder führt einen hellbraunen Hund aus, der eine Brille trägt, der Hund springt mir ins Gesicht, übergroße Zunge. Jemand kneift mir in die Schulter, hält mir die Nase zu, ich schnappe nach Luft.

René Hamann, Köln
*

BLINDER FLECK

Rauchig. Sag es. Es ist rauchig, nicht vernebelt oder sonstwie, einfach nur Luft in eiskalte Asche gehüllt. Der Vorgeschmack auf klirrenden Frost unter klarem Himmel. „Wo du Sterne siehst, da ist nichts." Er genießt diesen Satz. Den Satz vom Nichts. Er will den Schreck auf meinem Gesicht sehen, bevor er weiter und weiter spricht. „Jeder Stern zu dem du hochschaust ist nur ein Lücke im Kosmos. Du hast es noch nicht begriffen. Da ist nichts, ein blinder Fleck, wo du Glitzern und Funkeln erwartest. Wenn du lange genug hinauf starrst, brennt sich das Negativbild auf deine Netzhaut. Das Negativbild von nichts. Ganz schwach aber du wirst es nicht mehr los. So ist das."

Er hat eindeutig komische Ansichten zu den Sternen, aber das mit der Netzhaut, das stimmt schon. Die Sternwarte hat vom 15.10.02 bis 15.03.03 nur bei klarer Sicht geöffnet. Bitte klingeln Sie beim Pförtner. 300 m, Pfeil nach links hinten.

Han, Süddeutschland
*

DANN SPIELE ICH FÜR DAS MEER

„Kommst Du?", sie stand im Türrahmen und sah umwerfend aus. Weißes 50er Jahre Kleid mit roten Punkten, eine Perlenkette, Clip-Ohrringe, passend roter Lippenstift und barfuß. Eine zweistündige Vorbereitung auf den Inselball hatte ihren Abschluss gefunden, und das Ergebnis strahlte wie die weißen Kreidefelsen in der Mittagssonne.

Ich lächelte sie an und nickte irgendwie automatisch. „Du willst nicht, oder?", sie sagte das ohne eine Spur des Vorwurfs, eine reine Feststellung und ich nickte diesmal kontrolliert. „Was soll ich denn da?" Genau. Was sollte ich denn da? Tausend Leute verkleidet, und albern angemalt, und jede Menge Cocktails, und anderen ausgeflippten Kram und laute Musik von der Sorte, die ich nicht mochte, und jeder versuchte nur ein bisschen mehr das zu sein, was er gar nicht war.

Sie machten einen Schritt ins Zimmer und verschränkte die Arme; „Was machst Du dann?" Ich seufzte und drehte mich ganz zu ihr. „Ich weiß nicht." Eigentlich wusste ich genau, was ich wollte. „Hätte Lust mir die Drum zu schnappen und mich oben auf die Klippen zu setzen. Ein bisschen für die untergehende Sonne spielen."

„Damit sie morgen wieder aufgeht?"

„Ja."

„Und dann?"

„Dann spiele ich für das Meer."

„Damit es morgen immer noch da ist."

„Ja."

„Anna, es wird stockdunkel sein."

„Ich bleib ja nicht ewig oben." Und damit sie nicht enttäuscht war, fügte ich hinzu. „Ok, ich komme nach." Und da wusste sie, dass ich nicht kommen würde.

Anna Herbst, Münster
*

OB ICH DER STAERKSTE SEI

jetzt also tinos, mein wahl exil, ironischerweise, durch zufall, weil der motor baujahr 73 streikt, mitten in der nacht, mitten auf dem meer fehlzuendungen, gestolper und dann ist es still, zum glueck windstill. das zuendungslaempchen und die batterie leuchten rot, kein mucks mehr, das wasser unglaublich schwarz und glatt wogend. ich habe es immer vermieden, den motor nachts abzuschalten, denn das meer ist mir ungeheuer: wenn es schwarz und maechtig unter dem bootsrumpf liegt, wie eine zaehe masse, wie ein klebriger, sich bis an die raender des horizonts und meines bewusstseins ausbreitender ur schleim, der zu mir spricht, der mir sagt, dass er auf einen wie mich nur wartet, ein wahloses nichts: lebend, tot, in form von asche oder als rest in den exkrementen kleiner fische, quallen und krebse, ganz gleich. einen moment panik, dann setze ich mich in den weichen, in die warme nacht weiss strahlenden sessel (beim fahren stehe ich gern, eine hand am holz steuer, die andere auf der gang schaltung, eine alberne, große pose, wie mir bewusst ist). erst greife ich zu den zigaretten, dann aber überlege ich es mir anders und hole grossvaters kriegstage- buch von 42 (meine bibel 04, wie ich spoettisch zu sagen pflege) aus der aus camouflage genaehten old navy umhaenge- tasche (auch das ein witz, wie meine fahrpose, da erst vor einem jahr für 10 US dollar in einem ramschladen in seattle erstanden, der ramschkapitaen in seinem ramschboot, mit sei- ner ramschtasche). 19 august steht da: *nichts besonderes.*

letzte nacht habe ich wieder von ihm getraeumt, von dem von uns gegangenen, wir umarmten uns, seine warme hand lag auf meinem ruecken, er fluesterte mir sein vermaechtnis ins ohr, und ich weinte, verstand nicht und wollte ihn nicht loslassen, stammelte sinnlos, dass ich nicht wuesste, ob ich der staerkste sei, von uns dreien, meinem vater, ihm, mir. keiner weiss das. keiner weiss, ob der motor wieder anspringt: erster versuch, negativ.

Eiseisbaby, Tinos
*

SCHON KAFKA VERMUTETE, DASS DIE SIRENEN GAR NICHT GESUNGEN HABEN

Ich muss mich leer machen und loslösen von dem Wissen, dass dies alles schon einmal da war, in Variationen, muss das voraussetzende Wissen zulassen, dass Neues nicht mehr sein kann. Muss gleichzeitig all die anderen zulassen, die sind und waren, muss zulassen, da ich nicht leugnen kann. Nur dann kann ich vielleicht mein Eigenes sein.

Muss aufhören, sie ständig bei mir zu sehen, ihre Stimmen zu hören und ihre Buchstaben und Gedanken scheinwissend wegzuwischen, als ob sie mich verhindern. Muss all das an mir kleben lassen, wie bestickt, die Haut und die Kleider von Vergangenheit schwer. Und gleichzeitig leere Weiße sein, am eigenen Zeitenrand.

Muss meine eigenen Häuser bauen, mit Steinen, die ich aus ihren Brüchen breche und Mörtel, der aus mir selber schwitzt. Manchmal backe ich auch eigene Ziegel, im Ofen, den die Welt durch meine Körperöffnungen füttert. Mein Ohr ist meine Vagina, die dieser Hund von einem Phonographen bespielt.

Meine Gebärmutter ist metaphysisch, mein Uterus ein Gespenst, das immer nur woanders weilt. Es sind die Toten, die hier wohnen, die, die sind und die, die noch sein werden.

Eingegangen in die große Klagemauer der Zeit und die Hörig-keit des Denkens. Schon Kafka vermutete, dass die Sirenen gar nicht gesungen haben.

zak, Erfurt
*

ZIELORIENTIERT, ZEITNAH

Als dann der neue Turm tatsächlich in Projektion ging, meinte man, es beginne eine Schlacht. Ganz oben, in der Skylobby, versammelte sich am Montag Abend der Stab. Der Generalbevollmächtigte verlas den Lagebericht, dann schritt man die lange Fensterfront zur Auswahl des günstigsten Standortes für den mit Feldstecher und Nachtsichtgerät gerüsteten Beobachtungsposten ab. Der sollte Baufortschritt und Logistik auskundschaften und hatte von da oben tatsächlich eine Sicht, die den Güterbahnhof der Stadt M. in der einen Richtung bis zum Industriehafen der Stadt H. in der anderen umfasste.

Das Zentrum knapp zweihundert Meter unter ihm war nicht anders anzusehen wie das Modell aus Holz, Pappe und mit Spielzeugautos im Büro des Architekten im Rathaus aus unmittelbarer Nähe. Nur dass das Modell keine Baugrube aufwies. Die wurde von Tag zu tiefer, füllte sich dann ebenso schnell wieder auf und aus ihr wuchs in wenigen Monaten der Rohbau bis zur Höhe seines Postens und – das war ja das Ungeheuerliche – noch vier Stockwerke höher.

Beim Richtbaumsetzen waren die Bauarbeiter durch den Feldstecher zum Greifen nah. Dabei feierten sie hundert Meter Luftlinie entfernt. Sie schienen ihm von gegenüber zuzuwinken, tatsächlich gaben sie nur ihrem Kran Zeichen. Und das war die zweite Ungeheuerlichkeit, die er wiederholt auch in seinen Tagesprotokollen notierte: Auf der Baustelle das Werken verlief ungerührt, vom Geschehen umher wurde dort keine Notiz genommen, geschweige denn von ihm in seinem Fast-MG-Nest. Denn freilich war ihm nicht entgangen – was er gleichfalls protokollierte -, dass außer ihm auch andernorts rund um die Uhr Beobachtungsposten aufgezogen waren. Weshalb? Dies blieb für geraume Zeit ein Rätsel, denn nicht einer der anderen Posten hatte eine Höhe zu verteidigen wie er für sein Haus. Und was ihm möglich war, dort hinter Fensterkreuzen, Mauervorsprüngen oder getöntem Glas an niedrigeren Standorten ringsum zu beobachten, konnte erst nach einigen 8-Stunden-Schichten dazu beitragen, das Rätsel einer Lösung etwas näher zu bringen. Dort war wohl weniger die Baustelle das Objekt des Interesses, als vielmehr er und die Kollegen der Schichten vor und nach ihm. Bei einer Visite bestätigte der Generalbevollmächtigte die Beobachtungen der Posten: Auf breiter Front verfolge der Wettbewerb das vorerst defensive Abtasten der beiden Kontrahenten um die Höhe. Und bei seinem Beritt gab der Generalbevollmächtigte dann auch die Parole aus, dass zielorientiert, zeitnah und effizient an der passenden Antwort auf den Affront gearbeitet werde.

Monik, Bankturm

*

EIN AMERIKANISCHES UNTERNEHMEN

We treat each other with fairness and respect. We seek input and encourage debate, but once a decision is made, we align our efforts and take action. Tiefgarage. Unten. Schwaches, pissgelbes Licht. Es stinkt nach Benzin und nach abgefahrenen Reifen. Heavy Metal Musik aus irgendeinem Autoradio.

Siebzehn Jahre?

- Yo, genau siebzehn Jahre und drei Monate. Fast von Anfang an.

Hm ...

- Alles aufgebaut, das ganze Netz, inkulsive Security. Verstehst?

(nickt stumm)

- Samstags, sonntags, jeden Tag rangeklotzt bis zur Schmerzgrenze.

Wahnsinn!

- Kannst Du laut sagen.

(Pause, Motorengräusche, quietschende Reifen)

Kriegst ne fette Abfindung, was?

(Aufbrausend)

- Scheiß auf die Abfindung. Können sich die Abfindung innen Arsch schieben.

Ach komm jetzt.

- Ich brauch 'nen Job vestehst?

Findest doch bestimmt wieder was.

- Guck mich doch mal an. Bin 51.

(na ja, recht unattraktiver Typ, untersetzt, kurzbeinig, zer-schlissene Jeans, vielleicht 20 Kilo zuviel auf den Rippen, dün-nes, angegrautes Haar, großporige, schuppige Haut, unrasiert. Schwarze Ringe unter den Augen. Single. Dilpom-Ingenieur. Aber hat was.)

Ja, aber bei deiner Erfahrung und mit deinem know how!

- Ach, hör doch auf. Ich hab' die Schnauze voll.

(Pause, immer noch Heavy Metal Music aus irgendeinem Auto-radio)

Wer hat's Dir gesagt?

- Was?

Na ja, ähm ...

- Ach so. Carmen.

Carmen? Wieso denn Carmen? Die ist doch gar nicht Deine Managerin.

- Keine Ahnung. Haben sie wahrscheinlich vorgeschickt, um die Drecksarbeit zu machen.

Loop #27

Ich glaub's ja nicht.

(Steckt sich ne Zigarette an. Rauchverbot. Schmunzelt.)

- Carmen, die alte Dunsel.

(Wieder aufbrausend)

- Ruft mich einfach an. Das war's. Das ist doch ne Frechheit.
  Nach siebzehn Jahren. Stell Dir das doch mal vor! Die blöde
  Schleimeule.

Aber die sitzt doch nur 'ne Etage höher.

(Immer noch aufbrausend)

- Ja und? Glaubst Du, die bewegt ihren fetten Arsch. Die sitzt
  nur da und buckelt noch oben. Schiebt hohle E-Mails weiter
  und quatscht die ganze Zeit mit den Amis. Wenn einer unser
  Organigramm auswendig kennt, dann sie. Die sitzt solange,
  bis der ganze Schuppen zusammenfällt. Das sag ich Dir. Carmen macht das Licht aus und alle gehen nach Hause.

(Pause, beide schauen sich an)

Und was machst jetzt?

- Geh' zuerst mal zum Anwalt. Danach einen saufen. Hau mir
  die Birne voll. Aufhängen kann ich mich immer noch.

(Dreht sich um, geht zu seinem Wagen)

Ej, wart mal.

(Dreht sich um)

- Wassn los?

Wart mal, ich geh mit.

- Wohin denn?

Saufen.

We achieve long-term results through disciplined planning and execution.

We.

wch, in the SUN
*

BÖNISCH ODER EIN SACK REIS

Beschbraun-kariertes Sakko, graues Hemd mit Speckkragen, ausgebeulte, auberginefarbene Anzughose mit Pilling-Fusseln im Arschbereich – Rolf Bönisch sieht aus wie ein drittklassiger Gebrauchtwagenverkäufer.

Ist er aber nicht – jahrelang führte er das betriebsinterne Gebrauchtwagenverkäufer-Ranking an. Eine ganze Armada Pokale in Form von Miniatur-Oscars mit der Gravur „Implant des Monats" zierten die Fensterbank seines Büros. Den Dress bezeichnet er als seine „Tarnung". Der Rolf Im Schafspelz.

Er profitierte davon, dass seine Kunden ihn unterschätzten.

Unterschätzt haben ihn auch die Ärzte; genauer gesagt, die Tumore, die sich in seinem Darm und in seiner Leber ausgebreitet haben. Die erste und einzige Chemotherapie hat einen Zombie aus ihm gemacht. Man kennt ja diese Filme, in denen junge Frauen an Krebs erkranken und sich einer Chemotherapie unterziehen – ein bisschen blasser zwar als vorher, ein bisschen haarloser auch, aber mit ein wenig Make Up und einem lustig-gepunkteten Kopftuch…

Bönisch hingegen ist grau geworden, überall. Er könnte problemlos einen der „grauen Männer" in Michael Endes „Momo" spielen, so grau ist er. Die Haare sind ihm nur stellenweise ausgefallen, graue Restbüschel verteilen sich über den Hinterkopf; eine Stirnglatze hatte er vorher schon.

Bönisch sitzt mir gegenüber in einem kunstledernen Besucher-
sessel und starrt auf den kleinen Fernseher, der in etwa zwei
Meter Höhe auf einem Wandhalter befestigt ist. Richter Alexan-
der Hold. Das Fenster zur Welt.

Er sieht keinen Grund, den ganzen Tag im Bett zu liegen, trägt
sogar seinen Working Dress – bis auf das Sakko, das er nach
einem gemeinsamen Rundgang durch den Innenhof des Kran-
kenhauses in einen abschließbaren („Bitte achten Sie auf Ihre
Wertsachen!") Wandschrank geknüllt hat.

Gelacht haben wir auch schon – ausgiebig, sogar – nachdem
Bönisch eher beiläufig erwähnte, dass seine Leber langsam
aber sicher „abkackt", worauf ich erwiderte, dass dann ja eine
Chance bestünde, dass das triste Einheitsgrau seiner Haut
einem fröhlichen Gelbton wiche.

Bönisch kämpft nicht gegen die Krankheit an. Ist ohnehin eine
abgefuckte Frauenbestsellerromanphrase; „gegen die Krankheit
ankämpfen". Er fügt sich seinem Schicksal weitgehend, miss-
traut aus lauter Gewohnheit (oder Langeweile) den – Zitat –
„Quacksalbern" und klagt weiter nicht. Alte Berufskrankheit.
Wer als Gebrauchtwagenverkäufer klagt, der kann sich gleich
einsargen lassen.

Die aus diversen Fernsehserien- und Filmen bekannten Progno-
sen über die noch verbleibende Lebenszeit gebe es eigentlich
auch nicht. Man habe sich aber immerhin auf ein „Mindestens"
geeinigt. Mindestens noch 5 Monate.

Loop #31

„Wenn ich abtrete", sagt Bönisch, „dann platzt in China ein Sack Reis".

Er hinterlässt einen 70er Jahre-Bungalow, ein respektables Aktienpaket, einen liebevoll restaurierten Automatic-Strichachter und eine Menge X Bargeld. Seine Schwester, 10 Jahre älter als er und seine einzige lebende Verwandte, lebt in Bremerhaven, ihrer beider Heimatstadt, und Bönisch vermutet, dass sie alles „verpingeln" wird. Ihm soll's recht sein. Ins Grab kann er das Zeug ja ohnehin nicht mitnehmen. Pragmatiker.

Seiner letzten Beziehung, unserer Kantinenpächterin, begegnete ich zuvor im Krankenhausflur. Ihr Blick war gesenkt; dennoch sah ich, dass sie geweint hatte. Da mir langsam der Gesprächsstoff ausgeht, spreche ich ihn darauf an. So kommt es, dass wir – trotz immerhin 25 Jahren Altersunterschied und allenfalls kollegialer Freundschaft – zunächst über Beziehungen und dann ganz banal übers Ficken reden. Und jetzt passiert bemerkenswertes: Ein Hauch Farbe, ein ganz sanftes Rot, huscht über seine Wangen und breitet sich langsam im ganzen Gesicht aus. Im selben Moment richtet sich Bönischs Bettnachbar, ein gewisser „G. Mitecki", wie das Namenschild am Fußende seines Bettes verrät, auf, grüßt mit einer fahrigen Handbewegung und grinst uns neugierig-verschwörerisch an.

„Morituri te salutant", murmelt Bönisch und lächelt. Draußen erwacht ein Rasenmäher aus dem Winterschlaf.

Deadly Medicine, Bielefeld
*

AUFGEWACHSEN AUF DEM LANDE

Ein Dorf in Norddeutschland: Kleinbauern, Äcker und Weiden, kleine Wälder und riesige Staatsforsten, Feldwege, Schotterstraßen mit Schlaglöchern, die von Jahr zu Jahr mit Teer und Kies ausgebessert wurden und schließlich eine Teerdecke bekamen, ebenso das Kopfsteinpflaster, Stacheldraht – und Elektrozäune, vereinzelte Höfe, Kühe, Pferde, Schweine, Hunde und Katzen, Hühner und Enten, Gänse, selten ein Bulle (mit Nasenring zum Einhaken der Eisenstange), ein Schaf oder Ziegen, früher Ochsen anstatt teure Pferde, Traktoren: Lanz Bulldog, Hanomag, Deutz, McCormack und Ford, 2-5 Großbauern, Meierhöfe mit Waldbesitz und Jagdrechten, Nachbarschaftshilfe: die Sämaschine, der Düngerstreuer, der Getreidebinder, schließlich die Mäh- und Dreschmaschine. Kein Grundbesitz: Pachthöfe seit Generationen. Im Winter besuchen sich 'die Spinner' reihum: die Männer spielen abends Karten, sie rauchen und trinken; die Frauen treffen sich schon am Nachmittag, sie häkeln und stricken, sie erzählen sich Geschichten und bringen den Kindern eine Tafel Schokolade mit (für jedes Kind einen Riegel). Wir spielten mit den gleichaltrigen Nachbarjungs, die aber selten bei uns waren. An den Geburtstagen kamen Freunde aus der Schulklasse, aus dem ganzen Dorf.

Im Zentrum gibt es eine Siedlung, ansonsten sind einzelne Höfe von Äckern und Weiden umgeben oder vom Wald begrenzt. Zwei Gemischtwaren-Läden hat es gegeben: einer blieb übrig und ist nunmehr eine Art kleiner Selbstbedienungs-Supermarkt.

Die alte Schmiede gegenüber der ehemaligen Volksschule betreibt der Sohn weiter: eine neue Halle hatten sie gebaut. Schrott lag früher vor dem alten Gebäude: der ist weg geräumt. Die Wand ist mit Efeu bewachsen. Immer noch liegen heiße Eisen im Feuer, doch Pferde werden seltener beschlagen. Das Horn wird beschnitten und mit Hufeisen benagelt, heiße Eisen werden in Wassereimer getaucht, so daß es zischt, und ins Fühllose gebrannt: es stank abscheulich!

Zwei Gasthäuser am Ortsrand gelegen: übernachten kann man dort nicht, nur sich betrinken. Es gibt Stammgäste, die fast täglich kommen und ihren Lohn in die Wirtschaft tragen. Früher waren die Schützen- und Erntefeste abwechselnd hier und dort, daran erinnere ich mich nicht.

Wir Kinder halfen gelegentlich den Nachbarn bei der Rübenernte: Trecker fahren war sehr beliebt. Beim anderen Nachbarn lieh sich mein Vater Maschinen aus: die Sämaschine z.B. und den Binder: ein Mähmaschine, die Garben band, aber nicht das Korn drischt. Schwere Bindfaden-Rollen, die Garben mussten aufgehockt werden. Später gab es Dreschtage, wo am Abend der ganze Hof voller Stroh lag, hoch auf gestapelt von uns Kindern. Mama band ihre Strohgarben mit Strohbändern.

Loop #35

Papa stand in der Maschine (in einer Vertiefung) und schnitt die Bindfäden auf (am Handgelenk ein Lederband mit Messer-klinge), schob vorsichtig, nicht zu viel auf einmal, die Halme auf die Trommel. Ein älterer Bruder ließ die Bünde auf die kleine, neue Dreschmaschine rutschen. Hinten waren die Säcke festgeklemmt, und es stand dort der Kraftstrom-Motor in einem Holzwagen: der breite Riemen mit einem Stammbalken straff gespannt.

Ein Nachbar hatte noch diesen alten, blauen Hanomag-Trecker mit Fünfgang-Schaltung. Wenn wir losfuhren, pflegte er zu scherzen: „So, nu wütt wi mol dän Bull'n dän Büdl affrîdn!" und schlug mir dabei freundschaftlich auf's Knie. Er lachte und legt den Gang ein, die Schaltung am Griff mit rotem Gummi über-zogen.

Zum Melken war ich mit raus gefahren, und wir standen vor dem Weidegatter, das er aufzog. Ich sollte, rief er mir zu – der Motor war ziemlich laut – das kurze Stück hindurch fahren! Das schien in seinen Augen kein Problem. Ich war überrascht und bekam Herzklopfen, setzte mich aber ohne zu zögern, oder gar zu verneinen, auf den Fahrersitz, denn in Gedanken war ich oft gefahren und kannte alle Handgriffe und Fußbetätigungen in der richtigen Reihenfolge. Eine günstige Gelegenheit bot sich mir dar, und es wäre alles gut gegangen, da bin ich mir sicher, wenn nicht der Boden leicht hinunter führte zur Weide. Der Traktor stand schräg, und das Steuer war nach rechts gedreht; ich aber mußte jetzt alles gleichzeitig: Handbremse lösen, steuern, die schwere Kupplung langsam kommen lassen – den Gang einlegen war natürlich kein Problem. Nun hatte ich aber gleich darauf zu bremsen, weil wenig Platz war bis zum Weidepfahl. Verdammt schwer gingen die Bremsen, das wußte ich: mit dem ganzen Gewicht mußte ich mich darauf stellen – aber es nützte wenig.

H. hatte alles kommen sehen, sah in meinem Gesicht, dass ich die Kontrolle verlor und Angst hatte. Er kletterte zu mir hoch, setzte zurück und sagte keinen Ton. Dann besah er sich den Schaden. Sehr schlimm war es nicht, trotzdem verfinsterte sich sein Gesicht, und er fluchte – mehr über sich selbst, aber mir zugewandt – ziemlich laut, was er aber bald selbst nicht mehr ernst nahm, und so kehrte seine gute Stimmung zurück.

GüTeE, Am Rande der Gesellschaft
*

THE BIG EASY

Ich ging ins Bad und spülte mein Obstmesser und das Licht ging aus, während das Wasser weiter aus dem Hahn sprudelte. Ich stieß meinen Ellbogen an etwas, tastete mich zurück in mein Zimmer. Dort schnürte ich meine Schuhe und ordnete meine Krawatte, denn es war Zeit zu gehen. Ich ging auf die Strasse, hinaus unter die Menschen: mehr Menschen als gewöhnlich und ein Gerücht machte sich unter ihnen breit. Die Ostküste hatte keinen Strom mehr und nirgends lief die U-Bahn.

Einer von ihnen sollte eigentlich ein Examen schreiben und am folgenden Tag das Flugzeug nach Hong Kong besteigen. An der Straßenecke fiel ein Frau ohne ersichtlichen Grund hin, klatschte auf den Asphalt. Während der Junge vom Examen erzählte und die Frau fiel, bildete sich eine zivilisierte Schlange vor dem Laden mit dem Hausrat. Die Schlange stand dort bis weit auf den Bürgersteig hinaus und in der Hoffnung auf Taschenlampen. Anderswo schlenderten Menschen und löffelten aus Eiscremebechern, die wohl unweit gratis ausgegeben wurden. Ich hatte kein Geld in der Tasche und konnte mir weder ein Taschenlampe noch etwas zu essen kaufen, dafür durfte ich nun – in der Dämmerung – an die Straßenecke pinkeln. Ich schaute nach oben und bemerkte Sterne. Lange schon hatte ich mir keine Sterne mehr angeschaut und dachte, ich würde am nächsten Tag wohl nicht nach Brooklyn umziehen.

Alle Menschen saßen draußen auf den Stufen zu ihren Hausein-
gängen und erzählten sich Geschichten.

TAR, New York
*

VOR LACHEN EINKRIEGEN I

Kacy tut ergriffen und riecht nach Kokos. Sie legt die Finger auf die Lippen, reißt die Augen auf und ruft sich in die Nägel:

„Oh. My. God! That's SO. Cute!"

Kokosgeruch, ja okay, auch den Haarglanz kriegt man hin, aber dass Kacy sich durchschnittlich alle vierundfünfzig Sekunden eine Strähne aus dem Gesicht streicht und das Haar nach immer exakt drei Minuten in den Nacken wirft, das ist Feinmechanik, das ist professionell. Das ist erschütternd und erweckt den Eindruck, Kacy sei eine Werbung. Und ich – pervers; warum sonst stoppe ich heimlich die Zeit und erstelle Intervalldiagramme, kleine Parabeln, die anschaulich machen, in welchen Abständen sich jemand das Haar hinters Ohr schiebt? Gut, dass es hier nicht um mich geht.

Das Haar ist erst der Anfang. Über Kacys Zähne gibt es weitaus mehr zu berichten. Kacys Zähne sind Offiziere, sie tragen Paradeuniformen aus erstarrtem Reinkulturweiß und haben Kacys untere Gesichtshälfte in der Breite besetzt, ihren ganzen Kopf haben sie erobert, geplündert, die Unterlippe aus Verlegenheit gelegentlich angeknabbert und eine Zähnediktatur ausgerufen. Ihre Autonomie wurde letztes Jahr beim internationalen Zahnärztekongress in Pittsburgh, PA, feierlich anerkannt. Man stieß mit alkoholfreiem Sekt an und teilte die Röntgenabzüge von Kacys Kiefer aus. Gelegentlich ging ein Raunen durch die Reihen der Anwesenden, etwa wenn ein neues Detail entdeckt wurde, das tiefer gehende Perfektion verhieß oder auch mal einfach so, eine Riesengaudi unter den Zahnärzten. Ihren Höhepunkt erreichte die Party als Kacy aus einer gigantischen *sugarfree* Torte heraus sprang, die Arme ausbreitete und Tätää rief. Sie trug nichts außer einem Arztkittel und ihren Zähnen, durfte sich in einen Zahnarztsessel setzen und bekam eine Lokalnarkose. Im Foyer des Kongresszentrums erwarb man Andenken. Auf den T-Shirts war zu lesen: „At the beginning there were drill machines, then there was amalgam and now there is Kacy!" Auf den bunten Ansteckern stand: „I've x-rayed Kacy!" Das war lustig und ließ Spielraum für Interpretation und anzügliches Kichern der Anwesenden, die ebenfalls nur ihre weißen Kittel anhatten. Bei den deutschen Kollegen erwies sich die Pause zwischen „mal" und „röntgen" als *running gag*, wenn es dann hieß: „Ich würde Kacy auch gerne mal ... röntgen". Da klopften sich doch die Zahnärzte vor Amüsement altertümliche Rhythmen auf die Schenkel und sagten Dinge wie: „Ich kriege mich vor lauter Lachen nicht mehr ein". Vor Lachen kriegt sich auch Kacy meistens nicht ein. Und wenn sie nicht lacht, lächelt sie. Verlegenheit nicht, nicht Wut, nicht Trauer, nicht Tod – es fällt schwer, sich die Tragödie vorzustellen, die diesen Lach-grübchenstaat ins Wanken bringen könnte.

Saša Stanišić, Leipzig
*

DIE NEUNTE STUNDE

Ein als improvisierter Vorhang dienendes Tuch am Fenster, malt dunkel-violette Schatten auf unsere Körper. Maries Brüste heben und senken sich langsam im Takt eines leichten Schlafes. Vorsichtig entfalte ich einen Kaugummi und schiebe ihn mir in den Mund, damit ich sie, falls ich sie doch wecken sollte, küssen kann. Gestern hatte ich im Geschirrspüler eine dieser doppelkonischen Mokkamaschinen gesehen, die man direkt auf die Kochplatte stellt und bestimmt liegen im Kühlschrank Aufback-Croissants aus der Dose, die man immer mit Eigelb bestreichen soll. Vielleicht hat sie einen vernünftigen Orangensaft, Hitchcock wäre angenehm, Hohes C aber auch akzeptabel, solange es wenigstens kein Tetra-Pack-Fruchtsaftgetränk von JA! ist. Ich suche meine Sachen zusammen, kleide mich an, die Gürtelschließe klappert und Marie atmet plötzlich scharf ein, so daß ich für einen Moment befürchte, sie könnte erwachen. Leise stehle ich mich aus dem Zimmer, die Dielen im Gang knarzen unter meinen bestrumpften Füßen. Auf dem Sideboard vor dem Spiegel, in dem ich behelfsmäßig meine Haare zu ordnen versuche, steht inmitten von all dem Krimskrams, den Mädchen ja so mögen, eine kitschige kleine Vase mit neun vertrocknete Rosen. Ich hole meinen cremefarbenen Mantel und meine Schuhe aus der Küche, in der noch unsere halbvollen Gläser stehen, ihres ist gut erkennbar am Lippenstiftrand, irgendwo läutet eine Kirchenglocke die neunte Stunde des Tages ein. So geräuschlos wie möglich, ziehe ich die Haustür

Loop #42

hinter mir ins Schloss und bedauere, keine Sonnenbrille dabei zu haben. Auf der Straße versuche ich mich zu orientieren, doch mir will nicht einmal mehr der Name des Stadtteiles einfallen und so gehe ich aufs Geratewohl los. An der dritten Kreuzung biege ich nach rechts ab in eine Allee, doch als ich quer über einen Friedhof gehe, weil ich jenseits der Backsteinmauern die Innenstadt vermute, beginnt es heftig zu regnen und so schlage ich den Kragen hoch und wische mir die nassen Strähnen aus dem Gesicht.

Aristide, Pan Am
*

FRAU GODEHARDI, FRAU CHONG
UND HERR ANGEL

Wir haben ein bisschen Schnee. Der landet nass auf der Fuß-
matte der Konditorei, die Fenster beschlagen, als hätte es nie
Doppelverglasung gegeben. Heute sind alle da, es ist ein Schub
an Bildern in den Räumen wie selten. Frau Godehardi umläuft
mit ihrem dicken Hintern geschmeidig die kleinen Holztisch-
chen. Bunte Lackschachteln mit Trüffeln stellt sie hin, zündet
Kerzen an und draußen wird es nicht richtig hell. Graham
Coxon hat sich in die Ecke verdrückt und liest in einer rascheln-
den Zeitung, immer noch dickäugig. Sein grünes T-Shirt ist mit
Bielefeld-Löhne-Minden oder so bedruckt, Löhne stimmt vielleicht gar nicht, könnte auch Köln-Bielefeld-Minden oder Biele-
feld-Minden-Wunstorf sein. Während er sich über die Zeitung
beugt, sehe ich ein kleines bisschen von seinem Rücken. Wieso
ist der so braun im Winter?

Frau Chong, frisch geduscht und SARS-alarmiert, will ihre
Maske nicht ablegen, obwohl sie eigentlich wissen müsste, dass
die Conditorei eine viren- und bakterienfreie Zone ist. Man
könnte sich hier höchstens mit Fressgelüsten infizieren. Ich
dränge sie in den Flur zur Backstube, sie lacht, und wehrt sich
überhaupt nicht, nehme vorsichtig ihre Maske ab und wir knut-
schen schönst.

Frau Godehardi hat heute eines ihrer weiten Gewänder an,
demnächst wachsen ihr bestimmt Flügel und sie kann ihre
Arbeit im Fliegen erledigen. Sie war ja immer schon etwas eso-

terisch. Manchmal begegnet sie mir nachts und dann ist sie schlank und wunderschön, das kaltmamsellhafte hat sie vollständig abgelegt. Sie bringt mich immer zum Lachen, ich glaube, es ist einfach ihr Name, Frau mit dem guten Herzen, ich finde das 'i' klasse.

Ach ja, McAngel ist auch da. Er ist komplett mit Kuvertüre bedeckt und liegt faul im Glasschrank neben dem Käsekuchen. Auch braun im Winter – er versucht alles, um sexy zu sein, aber er ist einfach zu klein. Ich muss aufpassen, dass man ihn nicht für ein Schokoschwein hält, ich weiß nicht was passiert, wenn jemand auf ihn drauf beißen würde.

The Crab, Hong Kong
*

DAS IST ALLES INZSENIERT

Robin und ich haben uns noch nicht gesetzt, als Momoko meinen Namen durch die doch eher leere Met Bar ruft und wir
dann von der beeindruckten, Yamamoto-behängten Kellnerin
zum Futon-Tisch gebracht werden, an dem Bee und Gene und
Momoko sitzen. Gene steht rasch auf und umarmt mich und
sagt mir, wie nervös er ist, dass er unsere Juniausgabe mitge-
stalten wird, während Momoko sich an den Haaren zupft und
mich nach C.K. fragt, was ich aber ignoriere, weil ich mir
Momoko auf einem Cover vorstelle, eine japanische Deborah
Harry. Robin bestellt furchtbare Drinks, die später niemand
bezahlen wird, während ich Kim Wachtveitl sehe, der mir seinen Schulfreund Christoph vorstellt, während ich auf die Abso-
lut-Flasche schaue, und wir reden über Mystique, als mir dann
Steven Petitfor auf die Schulter kopft und mir sagt, alles wäre
okay, was ich nicht verstehe, und als ich dann wieder bei
Momoko sitze und wir uns über japanische Magazine unterhal-
ten versuchen, setzt sich jemand neben mich und versucht mit
mir zu reden, aber ich versuche zu verstehen, warum jeder
hier mir Schlechtes über die Bar erzählt, und als ich dann
beschließe, dass ich nie wieder in die Met Bar gehen werde,
trotz Kim, flüstert mir Robin ins Ohr, ob ich wüsste, wen ich da
neben mir ignoriere, und als er mir sagt, dass es Brian Molko
ist, von Placebo, muss ich mich zu Brian umdrehen, denn
schlagartig fällt mir das Video zu Slave To The Wage ein, als

Joseph an den Tisch kommt und uns von The Darlings erzählt, dieser Punkformation. Brian kohlt seine Augen, am Tisch, und ich zwinge Robin aufzutrinken.

Später, im Mystique, ist dann ist alles so perfekt, die Massen, die Musik, und während ich dort drei Apple Pie hintereinander trinke, während Darryl mir von seiner Mutter erzählt, die das New Yorker Mystique hatte und dieser Star im Studio 54 war, während die Musik brüllt und die Tintenfische im Aquarium leuchten und ich mir den Club anschaue, die Fendi-Lampen also und das Sparkling Vinyl, und die Massen ausdünnen, weil die Polizei vor dem Club bereitsteht, denke ich, dass das alles nicht wahr sein kann, das ist alles inszeniert, das ist nicht wahr.

TomTom, Bangkok
*

PLANET AM STRAND

Betrunken waren wir schon, als wir wieder am Strand anka-
men. Wir fuhren mit einem Longtailboot zurück, während der
Hinweg zum Hafen ein Spaziergang über grün bewachsene
Hügel oberhalb des Meeres war, auf einem schmalen Pfad, vorbei an kleinen Hütten und wild aufeinandergestapelten Kera-
miktoiletten, der Sonnenuntergang zwischen Baumwipfeln
wabernd, orange, rosa und schließlich lila in der Dunkelheit
mündend. Auf dem Boot dann, noch ganz verschreckt vom
Strom der Lonely Planet-Gläubigen, die in bunten T-Shirts grö-
lend durch die Gassen wankten, vorbei an einer immer gleichen
Mischung aus Bars, Internet-Cafés und Tauchschulen, brachte
die warme und doch kühle Abendluft ein wenig Klarheit zurück,
und im Augenwinkel verschwammen die bunten Lichter des
Ufers mit der Gischt, die der Bug aufspritzen ließ, zu einem
kleinen Privatkaleidoskop, während hinten am Motor der
Fischer laut und falsch ein Lied der Scorpions sang. Camilla und
Amy sprachen lachend über die Band, die wir gesehen hatten,
und die prächtige Art und Weise, mit der diese Songs von Nir-
vana und den Doors in asiatische Folklore verwandelt hatte,
während Magnus genau wie ich schweigend das Ufer betrach-
tete. Am Strand dann war es einsam und still. Die Liegestühle,
die tagsüber von japanischen Touristenhorden belegt sind, die
stark vermummt und mit Lunchpaketen bewaffnet für einen
Tag von ihrem Kreuzfahrtschiff auf die Insel verfrachtet werden, standen schlummernd im Sand unter zusammengeklapp-

ten Sonnenschirmen. Jeder nahm sich einen und wir stellten sie in einer Reihe auf, weiter unten, direkt am Meer. Mit billigem Rum, den wir mit Coca Cola mischten, in den Händen, lauschten wir der Dunkelheit und sahen in die Nacht. Das Wasser gluckerte schwarz und träge zu unseren Füßen und vor dem Horizont erhob sich Phi Phi Le, die unbewohnte Insel, auf der sich jener Strand befindet, der aufgrund des Besuchs eines amerikanischen Filmteams, das Palmen pflanzte, zu einer traurigen Berühmtheit gelangte, deren Preis unter anderem in seiner Bucht dümpelnde Pauschaltouristen sind, die mit gelben Schwimmwesten und Taucherbrillen bekleidet die Unterwasserwelt belästigen, wenn sie genug vom Liegestuhlliegen haben. Natürlich, nachdem sich mindestens ein weiteres Foto zu den immer gleichen auf den Filmen ihrer Kameras gesellt hat. Doch nun lag auch Phi Phi Le dunkel und leise in der Nacht und leitete den Blick weiter nach oben, wo die Glocke des unglaublichen Sternenhimmels beschreibende Worte unmöglich machte. Der auf der Seite liegende Mond tauchte uns in fahles Licht, und wir sprachen über den New Yorker Künstler, der es sich zur Aufgabe gemacht hat, die Schönheit eines jeden Lebewesens durch Mumifizierung festzuhalten, und seine neueste Arbeit, eine überdimensionale Sanduhr, die mit der Asche eines verstorbenen Liebespaares gefüllt ist. Irgendwann gingen Amy und Magnus schlafen, während Camilla und ich uns das Ziel setzten, parallel zur Leerung der verbliebenen Flaschen die Geschichte der seriellen Monogamie zu entschlüsseln. Zwischendurch kamen zwei Schweizerinnen vorbei, tranken einen

Loop #49

Schluck, sprachen merkwürdig und machten sich dann weiter auf die Suche nach ihrer Freundin, die sie im Laufe des Abends verloren hatten. Gleichzeitig mit dem Gefühl, alles und nichts erkannt zu haben, doch zumindest zu wissen, wen man eigentlich vermisst, temporär, dämmerte es, und kurz darauf tauchte die Sonne den beginnenden Tag in ein gleißendes Licht, das die Intimität der Nacht hinwegspülte. Bleich und schwankend standen wir auf, räumten die leeren Flaschen zusammen und beschlossen, uns auf die Suche nach ein wenig Schlaf zu machen, da wir wenige Stunden später die Insel verlassen wollten. Das Meer verwandelte sich wieder in etwas Klares, Helles, in dessen durchscheinendem Grün und Blau Lebewesen die Luft verneinen. Die Vögel begannen zu singen, und auf dem Weg zum Bungalow kam uns Magnus entgegen, in Badehose und mit Handtuch, auf dem Weg zum Morgenbad.

zak, Phuket
*

DU BIST GLÜCKLICH

... Ihre Briefe aus Bangkok werden kürzer, schließlich fährt sie ab. Mit einem Seidenhändler und seiner Familie mit dem Wagen in den Süden und dann mit dem Segelboot nach Langkawi. Sie hat ein paar Schweden getroffen, schreibt sie mir auf dem Briefpapier des Seidenhändlers, die nehmen sie mit auf ihrem Boot. Dann kommen lange keine Briefe, stattdessen Postkarten mit ihrer verwaschenen Schrift darauf: die Schweden haben viel Durst und gute Laune steht da, und zwei von ihnen haben Malaria. Sie nicht, schreibt sie mir, obwohl sie die Prophylaxe nicht macht. Du weißt schon, schreibt sie... dann wird die Schrift unleserlich.

Auf einer Karte finde ich nur eine Zeichnung, die einer der Schweden gemacht haben muss: sie zeigt ihr Profil. Ich stelle mir vor, wie sie ihr Gesicht in die Sonne hält und Singha Beer trinkt. Wir sind ein einziges Mal zusammen gereist.

Wir fuhren zusammen nach Indonesien, und ich ließ mich ins Leben treiben. Sie beobachtete mich und strahlte mich an. Wir saßen im Regen an der Fährstation von Padang Bai, und ich sang ihr ein Lied vor, ein französisches Trinklied. Du bist glücklich, stellte sie fest. Siehst du, du bist glücklich. Du solltest mehr Weiß tragen, sagte sie und dann: sing weiter.

Wochen später saßen wir an einem östlichen Strand, ich ließ warmen Sand auf ihre Waden rieseln. Unsere Haare waren hell geworden, ich hatte gelernt, Flaschen mit einem Feuerzeug zu öffnen und hatte einen Vulkan bestiegen, sie hatte mit einem

Thai geschlafen und mit einem Briten, wir hatten uns an Kretek gewöhnt und irgendwo Opium geraucht, ich hatte seit Wochen keine Post nach Hause geschickt, und einmal hatten wir uns geküsst. Es war blendend hell um uns her. Der Sand floss durch meine Finger und ich berührte ihren Rücken. Woher hast du diese Narben, fragte ich und legte meine Hand zwischen ihre Schulterblätter. Verlorene Nächte, murmelte sie. Eine von den Nächten, bevor wir uns kannten.

Ich kenne die Farbe ihres Rückens im östlichen Sand denke ich, während ich die Postkarte betrachte. Auf der Vorderseite ist ein lächelnder Buddha abgebildet. Aus Kuala Lumpur kommt irgendwann eine Email. „Liebste Freundin, ich fliege nach Ceylon, nach Sri Lanka, von dort wieder papierne Briefe. Dann schicke ich dir ein paar Teeblätter vom Adams Peak und eine Muschel." Ich steige abends aufs Dach und sehe spät die Sonne über der Stadt sinken, morgens schlafe ich lange, sie ruft nicht an, damit ich sie finden soll, sie ist weit weg.

Ihre Briefe aus Bangkok werden kürzer, schließlich fährt sie ab. Mit einem Seidenhändler und seiner Familie mit dem Wagen in den Süden und dann mit dem Segelboot nach Langkawi. Sie hat ein paar Schweden getroffen, schreibt sie mir auf dem Briefpapier des Seidenhändlers, die nehmen sie mit auf ihrem Boot. Dann kommen lange keine Briefe, stattdessen Postkarten mit ihrer verwaschenen Schrift darauf: die Schweden haben viel Durst und gute Laune steht da, und zwei von ihnen haben

Malaria. Sie nicht, schreibt sie mir, obwohl sie die Prophylaxe nicht macht. Du weißt schon, schreibt sie... dann wird die Schrift unleserlich.

Auf einer Karte finde ich nur eine Zeichnung, die einer der Schweden gemacht haben muss: sie zeigt ihr Profil. Ich stelle mir vor, wie sie ihr Gesicht in die Sonne hält und Singha Beer trinkt. Wir sind ein einziges Mal zusammen gereist.

Wir fuhren zusammen nach Indonesien, und ich ließ mich ins Leben treiben. Sie beobachtete mich und strahlte mich an. Wir saßen im Regen an der Fährstation von Padang Bai, und ich sang ihr ein Lied vor, ein französisches Trinklied. Du bist glücklich, stellte sie fest. Siehst du, du bist glücklich. Du solltest mehr Weiß tragen, sagte sie und dann: sing weiter.

Wochen später saßen wir an einem östlichen Strand, ich ließ warmen Sand auf ihre Waden rieseln. Unsere Haare waren hell geworden, ich hatte gelernt, Flaschen mit einem Feuerzeug zu öffnen und hatte einen Vulkan bestiegen, sie hatte mit einem Thai geschlafen und mit einem Briten, wir hatten uns an Kretek gewöhnt und irgendwo Opium geraucht, ich hatte seit Wochen keine Post nach Hause geschickt, und einmal hatten wir uns geküsst. Es war blendend hell um uns her. Der Sand floss durch meine Finger und ich berührte ihren Rücken. Woher hast du diese Narben, fragte ich und legte meine Hand zwischen ihre Schulterblätter. Verlorene Nächte, murmelte sie. Eine von den Nächten, bevor wir uns kannten.

Loop #53

Ich kenne die Farbe ihres Rückens im östlichen Sand denke ich, während ich die Postkarte betrachte. Auf der Vorderseite ist ein lächelnder Buddha abgebildet. Aus Kuala Lumpur kommt irgendwann eine Email. „Liebste Freundin, ich fliege nach Ceylon, nach Sri Lanka, von dort wieder papierne Briefe. Dann schicke ich dir ein paar Teeblätter vom Adams Peak und eine Muschel." Ich steige abends aufs Dach und sehe spät die Sonne über der Stadt sinken, morgens schlafe ich lange, sie ruft nicht an, damit ich sie finden soll, sie ist weit weg. ...

Anna Luz de Leon, Berlin
*

GINSTER

Ein Mädchen. Mit grünen Augen. Sagt mit Whiskystimme nur nicht vom Holzweg abkommen. Zeigt mir ihr Zahnfleisch, duftet, bohrt ihre spitzen Hüftknochen in meinen Magen. Wir erfinden das Wort Telekommunikation und spucken Kirschkerne aus dem Fenster. Draußen ist Wetter.

-

Aschenbecher, selbstgetöpfert aus den Anstalten der Republik, mit unsichtbarer Inschrift: „Für Ginster, in ewiger Dankbarkeit". Gereiht auf dem Sims in der Küche. Der schönste, größte ist von Klemens, dem Depp aus unserem Heimatdorf.

Ginster ist zurück und ich versuche nicht zu fragen. Fang sofort an stattdessen, vorbei, ist vorbei, erwischt, die ganze Nummer mit den Bullen und alles. Angefangen hatte es aus echter Not, sechshundert Mücken Stütze und zweihundert Miete, wie soll das denn gehen. Allein die Zigaretten, bald hundert im Monat. Also ein Stückchen Käse hier, ein paar Nudeln da. Später dann der gute Gin und ein paar Scampi, wegen Besuch und so.

-

Kommen Sie in mein Büro, ich sag bitte, er sagt was, ich, kommen Sie bitte in mein Büro. Was ist denn in der Tasche? Ich Nix. Im Büro zwei fette Schweine von der Wachfirma in Laune, ganz familiär.

Loop #55

-

Ginster schenkt mir einen kleinen Wodka ein.

Hatte nur ein Fläschchen Champagner. Alles andere bezahlt. Champagner für Dich. Heute morgen gekauft natürlich und geht man denn so mit guten Kunden um, das ganze Spielchen mit einer raus, die andern, Fräulein, Sie können es jetzt sagen, unter uns, kein Ausweis dabei, wie immer, Bullen her, alles von vorne, aber ich bleibe eisern. Nur jetzt, jetzt zittert das Glas ein bisschen in der Hand.

Wollte von was anderem sprechen. Einer der Verrückten war da, in der Tür und rollte mit den Augen. Du warst weg. Wo warst Du?

Der Tiegel steht auf einer Zeitung, was über Castorf, den Besitzer eines Ladens für Jalousien. Die Zeitung liegt auf der Matratze, die Matratze auf dem Boden, das Bett hat er mitgenommen. Ich liege auf der Matratze auf dem Boden und seh der kleine Spinne zu, die um den Tiegel läuft, konzentrisch.

-

Danach kleiner Ausflug, frische Luft, Denken erschöpft ja. Spaziergang und ein Besuch beim Nachbarn, nicht mein Nachbar, sondern der frühere von Ginster. Er ist sehr berühmt und deshalb reich, wegen der Geschäfte und wieder liegen, fremdes Bett jetzt, in der neuen Nachbarwohnung. Ginsters Kopf weich auf des Nachbarn Bauch, meiner hart daneben. Oben die neuen runden Fenster in den Himmel, Jupiter und Venus. Im Südwes-

ten Arktur im Sternbild des Bootes, orangerot, bläulich-weiß
Wega, mit Deneb im Schwan und Atair im Adler, das Sommer-
dreieck. Im Zenit der große Wagen.

-

Nehmen wir und fahren was essen, ein grauer Daimler mit alles
Holz und schnurrender Automatik, aufgeheizte Südseite noch
nachts, Vernaccia di San Gimignano und mit uns einige
Freunde der italienischen Oper, die laut in ihre Telefone rufen.
Geschäfte eben.

-

Schwarze nackte Füße, das Zeug geht nicht mehr ab, einer
treibt im Pool, Kopf nach unten, zwischen gelben Blütenblät-
tern, ein kleiner nur. Rosen sind fast vorbei, nur wenn die
Sonne knallt schicken sie noch ein paar Pheromone, die prompt
alles durcheinander bringen. Addy Ganz schießt mit dem DNA-
Deformator, hab ihn wohl verärgert. Ein Wurm soll ich werden,
das hat er programmiert. Ginster beschwichtigt mit Kartof-
felauflauf, iss mein Freund, er lächelt zart, nagt zwei Bissen
klein.

-

Abends treffe ich ihn in einem der langen Flure und wir sind
sowas von verlegen. Ich bin nur die Mätresse, keine Sorge sag
ich, möchte ihn beruhigen, denn er hat was Wildes zwischen
den Augen so zur Stirn hin, sieht man, wenn man genau hin-
sieht.

Loop #57

-

Lege mich hinein in Ginster, leck die schuppige Haut, alte Wunden, die Stimme von Ganz wird immer leiser bis wir sie nicht mehr hören. Beckenknochen wie Speerspitzen.

-

Barfuss die Tage mit kleinen Schauern. Abends isst das Feuer Zaunreste, warum auch nicht, die Imprägnierung macht feine grüne Flämmchen. Addy Ganz sagt, Vorsicht mit den Steinen, da sind böse Geister drin. Der meint das ernst, und als er schläft frag ich Ginster warum der Wahnsinn sich stets an unsere Sohlen heftet.

-

Alles ganz klein ganz normal. Vater Metzger Mutter Hausfrau. Kind isst nicht, läuft weg stattdessen täglich, spricht mit den Geistern unterm Bett. Wird dann weggesperrt. Stationär. Mit zehn. Schläft jetzt zwischen uns, die Geister im Gepäck. Ich glaub ja eher, das sind die Drogen. Sag ich. Was weißt Du denn, findet Ginster.

LOTOS, Berlin
*

IN VERDAECHTIGER NÄHE

falls es interessiert: ich habe nachgesschaut und festgestellt, dass der preis fuer 1h internet hier gleich geblieben ist, im cafe, gleich neben dem hafen, vor dem kleinen platz, wo die fischer unter geschrei ihren fang in aller fruehe ausladen und direkt aus den mit eisbloecken gefuellten metallwannen heraus verkaufen: 2 euro. und da ich faktisch ein fotographisches gedaechtnis besitze (nur für dinge, szenen eines lebens, nicht fuer zahlen oder namen, was sehr viel nuetzlicher waere) kann ich auch bestaetigen, das alles noch am selben platz steht, die albern popblaue bar im erdgeschoss, die 80er chrom alu stuehle und die drei vergilbten rechner auf der galerie, wo es heute schon wieder unertraeglich heiss und stickig ist. die englische tastatur ist allerdings noch etwas schwergaengiger und verschmutzter als vor zwei jahren. gerade, jetzt, laed sich ein sonnen-gebrannter, im profil scharfgeschnittener junge gleich neben mir porno bilder herunter, riesige, krotesk rosafarbene vulven und pimmel (schlechte grafikkarte, natuerlich). das hat etwas troestliches. denn der motor, ein 150 ps koenig AB ist am arsch. das hat man mir heute in gebrochenen gesten und worten bestaetigt, im grunde wusste ich es schon, nicht weil ein sieben-gescheiter, deutscher segler (zahnarzt nebst gattin aus duedo) dies mit hinweis auf erhoeten oel, rauch und geruaeschverlust bei der hafeneinfahrt sagte, nein: ein guter (ein herzens guter, versteht sich, kein nautisch guter) kapitaen spuert das. verzeiht mir also meine tippfehler heute, ich bin

Loop #59

durcheinander, es ist sehr heiss, ich weiss noch gar nicht wie es weitergeht (gehen soll, muss es ueber-haupt?), man hat mir einen ersatz motor angeboten, ich ueberlege noch. ein wenig nur, denn das boot (es heisst monte veritas, haha) ist in kritischem zustand (angeblich, sagt man, der grieche mit den irritierend langen nasen-haaren) und grossvater schreibt, nie um einen kommentar verlegen: wieder schiesst der verdammte russe auf unsere stellungen, trifft aber nichts, ein grosser teil der schuesse geht in unser tal, in verdaechtiger naehe. So kann man es auch formulieren, nun. Claude Simon lesen, die Akazie, einzigartig, so erschuetternd, wie die schockwelle einer fernen, vor langer zeit vergessenen explosion.

Eiseisbaby, Tinos
*

10 GRAD RAUM

Relikte. Er hat meine Telefonnummer seit Jahren im Geldbeutel. Das erzählt er mir. Mit dem kreisenden Glas in der Hand und der Zigarette zwischen den Lippen. Nie weggeworfen. Ich dachte immer, aus uns beiden wird noch was. Und dass da jetzt eine Ballettschule ist, unter der Nummer. Ich hätte ihn niemals erkannt. Runder, denke ich und wohin jetzt. Flüchten. Dass ich umgezogen bin, häufig und verheiratet. Schmeiß sie endlich weg. Ich wollte nie auf diese Party. Ich wollte dich nie sehen und nie dieses Gespräch führen. Er holt die Nummer hervor. Beweisstück. Ein kleiner zerlumpter Zettel aus einer anderen Welt. Nach unendlichen Wochen, eingesponnen in den 10 Grad Raum, kehre ich zurück um diesen Zettel zu zerstören. Galaxien aus Staub.

Han, Süddeutschland
*

GEDACHTER WÜRFEL

Martin fasst meinen Ärmel. Ich sehe hoch, sehe die Maschine rasant aus der Box fallen. Die 'Box' ist eigentlich ein nur gedachter Würfel mit tausend Metern Kantenlänge. Der imaginäre Boden liegt dabei hundert Meter über dem Feld. Wer aus dieser Box fällt, wird mit Strafpunkten bedacht. Der kleine Hochdecker driftet gerade Richtung Gipfel ab, und der liegt bestimmt außerhalb der Box. Mühsam zieht der Pilot aus der senkrechten Rolle über den Platz. Starres Fahrgestell mit großen Rädern, der Rumpf nicht ganz rund, Sternmotor. Eine Fairchild FC – 2W vielleicht oder eine Bellanca, ich bin mir nicht sicher. Neben uns gerät alles in Unruhe für den Moment, eine ältliche Dame krampft die Hand vor dem Mund.

Aristide, Interavia
*

KEINER DER STERNE

Ich steh allein in einem Raum
Er reicht so weit, ich glaub es kaum
In der Dunkelheit fällt Sternenlicht
So schwach wie Staub auf mein Gesicht

Nur mühsam finde ich die Kraft
Ich schaff es gleich, ich habs geschafft
Und dann der Schrei
Der mich befreit

Ich bin wichtig

Kein Echo, keine Reaktion
Im leeren All verhallt mein Ton
Sie hängen über mir, wie Trauben
Doch keiner der Sterne schenkt mir Glauben

Ich bin wichtig

Doch keiner der Sterne schenkt mir Glauben

Faustus, Kassel
*

IN KLEINEN DOSEN

Ist wie Klaus Lage Superextendedversion von Tausendmal
berührt, im Hof, im Sommer, mit offenem Fenster. Wenn ich
leide, sollen alle leiden. Da kenne ich nix. Außer mir kenne ich
sowieso nicht viel, aber das reicht ja auch. Wenn ich spreche,
spreche ich über mich selbst, meine Sprache ist maniert und
zieht lange Fäden wenn sie aus meinem Schlund trieft, so dass
sie meinem Gegenüber die Sicht erschwert, unmöglich, die
Gräben, die sich von Nasenflügeln magenkrank herabziehen bis
zu meinen Mundwinkeln, noch zu erkennen. Das ist der Plan.
Der tückische. Und ich schwöre, er funktioniert. Wenn ich nicht
über mich selbst spreche, schweige ich. Das macht einen
besonnenen Eindruck, was später nützlich sein kann. Später
wenn es an das Sezieren und Zerteilen geht. Praktisch ist ja,
dass es diese Einwegskalpellklingen in der Apotheke gibt, zack
weg das Ding, wenn es nicht mehr schneidet. Und Portions-
päckchen sind ja viel besser einzufrieren. In beschrifteten Tup-
perdosen. In kleinen Dosen.

LOTOS, im Sommer, im Hof
*

STEHEN UNMÖGLICH

Die Bilder werden warm und schwanken, wie der Cognac in meinem Glas, das ich erneut vom Tisch hebe, einem lackierten Rundtisch aus dunklem Holz. Die Töne vermischen sich mit der Hintergrundmusik, die aus kleinen, schwarzen Boxen in den Raum plätschert, wie Rauch herumschwebt und sich träge in die Luft legt, erkennbar, aber unaufdringlich. Der gesamte Raum beginnt zu knistern, schimmert, badet sich in einem Kaminfeuer, das von innen kommt und durch die Adern strömt, sich sanft ausbreitet wie eine wohlige Müdigkeit. Manchmal heben sich Formulierungen aus dem Gespräch des Paares neben mir heraus; für Momente versuche ich, der Rede zu folgen, auf der Suche nach eigenen Beiträgen, merke aber, dass mir das nicht gelingen will, zu schweifend, zu unkonzentriert meine Wahrnehmung. In anderen Momenten schwingen sich die Rhythmen der Musik in den Vordergrund, ein paar Wortbrocken, die deutlich werden, eine weibliche Stimme, die von Meilen, von gegangenen Straßen singt. Es wird später, es wird tiefer, ich sinke in den Hocker, eine alte Fregatte, ein Schlauchboot dummer Gefühle, aufgeblasen und wacklig. Stehen unmöglich. Der Körper wird schwerer, einen Gegenpol suchend zu den flüchtigen Gedanken, die ihm jetzt durch den Kopf huschen: Lichtspieltheater, Blumentöpfe, Meliorationen.

Loop #65

Kein guter Start in den Urlaub, überlege ich, draußen in Gracia zirpen die Grillen, tropische Nacht, bewusstlos schleiche ich zum Hostal zurück.

René Hamann, Barcelona
*

VOR LACHEN EINKRIEGEN II

Seit dem Kongress dient Kacys Kieferbau als Lehrbeispiel für
Makellosigkeit, und die Röntgenbilder sind inzwischen eine
beliebte Internet-Tauschbörsendatei, nicht nur bei Orthodontis-
ten und Hobbydentisten. Sam, ein mit mir befreundeter Kiefer-
orthopäde aus L.A. – früh ergrauter, nüchterner Republikaner,
den vor der Bekanntschaft mit Kacy höchstens eine Niederlage
der *Lakers* aus der Ruhe bringen konnte – hat in der Diktatur
von Kacys Mundpartie Erotik entdeckt. Kacys Backenzähne
machten aus ihm einen sehnsüchtigen Mann und lehrten ihm
die Onanie. Widerstandslos ergab sich Sam der sexual-anato-
mischen Militärherrschaft von Kacys Lächeln, im Glauben, in
den Tiefen jener prominenten Röntgeneinblicke von ihrem Kie-
ferknochenbau pure Liebe zu erblicken. Seit dem Tag als sich
Kacys Mundhöhle in sein Leben röntgte, betrachtet sich Sam
als Künstler und verbringt seine Ferien in der Schweiz, wo
Karies ja bekanntlich nicht mehr existiert. Auf seiner Visiten-
karte ist zu lesen: Sam Janukowsky, KieferArt!hopäde. Sam
spricht mittlerweile ausschließlich von der Sinnlichkeit, die
einem Kiefergelenk abzugewinnen sei, schwärmt vom Zusam-
menspiel zwischen Oberkiefer, Schädelbasis und Lebensgefühl,
schreibt Lyrik über die Eleganz von Köpfen, die im Unterkiefer
beginnt und ohne Kiefer jegliche Noblesse verlieren würde. Das
immerhin leuchtet ein. Als ich Sam das letzte Mal traf, sahen
wir uns ein miserables Basketballspiel an und tranken dazu
kalifornischen Wein. Ende des dritten Viertels – die *Lakers*

lagen zehn Punkte hinten – begann Sam erhitzt über seine Lei-
denschaft zu sprechen. Berauscht hielt er einen Vortrag über
die Anmut, die eine Kinnpartie haben kann, skizzierte die Rolle
des Zahnfleischs im Vietnam-Krieg und verdammte im gleichen
Satz die *Dallas Mavericks*. Seine Rede schloss er im Stehen ab,
mit fester Stimme und *Budweiser* in seinem Weinglas:

„Gegen das bacchantische Temperament von Kacys Kronen,
dieser Schneidedelsteine, dieser Eckkleinodien, dieser Meister-
werke der Festigkeit kommt nichts an, nichts! Wäre ich Karies
würde ich nicht einmal daran denken, hier anzusetzen – und
doch: gibt es eine beneidenswertere Wirklichkeit, als jene des
Karies-Seins auf Kacys Zahn? Ein Dilemma, dem man sich als
Karies stellen muss, und das man als Karies und als Mann
lösen muss! Verweigert man sich selbst, um den ästhetischen
Höchstwert dieses Mundes aufrechtzuerhalten? Oder ergibt
man sich der flüchtigen Erquickung reiner Gaumenfreude, im
Voraus wissend: die Lust an diesen Zähnen zu erfahren, kann
nur eines bedeuten, sich in Gänze aufopfern – Geschmacks-
vollendung und Tod zugleich."

Kacy-*finetuning*: Kacy hat noch nie, niemals, in ihrem ganzen
Leben einem anderen Menschen in die Augen gesehen. Ich
unterschreibe das sofort.

Diese Mensch gewordene Sommersprosse aus Savannah, Georgia mystifiziert den Gedanken des Niemandem-in-die-Augen-Schauens, verleiht ihm einen religiösen Rang.

Saša Stanišić, Leipzig

*

VATER

- war im Krieg
- war ein schüchterner Mensch
- war Bauer
- heiratete 1944
- war 2 1/2 Jahre in russischer Kriegsgefangenschaft
- hat seinen ersten Sohn erst als Dreijährigen gesehen
- hatte 3 ältere Schwestern und 2 früh verstorbene Geschwister
- ist 1921 geboren
- spielte Akkordeon
- wäre gerne Musiker geworden
- war beim 3. Mal sehr schwer kriegsverletzt, hatte Asthma
- lag zuletzt nur noch im Bett (und schrieb einen Mundart-Artikel für die Kreiszeitung)
- erzählte uns nichts vom Krieg
- kannte seine Frau schon vom Konfirmanden-Unterricht
- kam in der Weimarer Republik zur Schule
- war 1932 10-11 Jahre alt
- starb kurz vor seinem 46. Geburtstag
- und Mutter hatten 5 Söhne und eine Tochter
- verkaufte Opas Ochsen

- kaufte ein Pferd
- kaufte später einen Traktor: 11 PS, Deutz
- spielte Trommel im 'Trommel- und Pfeifenchor' (der Hitler-Jugend o.ä.)
- kaufte in den 60ern ein blaues Auto mit Vorderrad-Antrieb: DKW Junior
- hatte also die Führerschein-Prüfung bestanden
- war eher schweigsam, hat uns nie verprügelt, nicht geschimpft
- saß links neben mir beim Essen, Mutter saß rechts, die Geschwister an der Längsseite und die Großeltern an der Stirnseite des Küchentisches
- mochte Lübecker Marzipan
- brachte 'Bremer Kluten' mit vom 'Heiratsmarkt'
- war kein Wandersmann (außer dass sie von der Ostsee bis Minsk zu Fuß gehen mussten)
- kam abgemagert nach Hause im Februar 1948
- arbeitete in Gefangenschaft im Wald und in einer Sägerei
- hätte übers Ostsee-Eis fliehen können, aber er entschied sich dagegen (einem Bekannten gelang die Flucht)
- vermisse ich seit bald 34 Jahren

Loop #71

- besaß keine Bücher (Oma las in der Bibel? Opa hinterm Ofen steckte die Nase in die Kreiszeitung von gestern und las sie Oma vor, die im Rollstuhl festsaß und Topflappen häkelte, bis ihre Finger lahmten. Ich besitze diese Häkeldecke aus altem Garn: aufgewickelte alte Pullover usw.)
- verkaufte Schweine, Milch, Mehl und Korn o.ä.
- besaß kein Haus
- pachtete Grundstück und Hof (wie schon sein Vater)
- hatte ganz gute Zensuren in der Schule (Mutter auch)
- ist zu früh gestorben: noch vor seinen Eltern

GüTeE, Am Rande der Gesellschaft

*

SEIT DER PEUGEOT WERBUNG
BILDEN DIE INDER SICH WAS EIN

A: „Mann, heute ist wieder was passiert."

H: „Was denn?"

A: „Hab einem Inder ein Auto verkauft."

H: „Und?"

A: „Ey, der konnte null Auto fahren."

H: „Können viele nicht."

A: „Ich sage Dir, der konnte überhaupt – kein – Auto fahren."

H: „So schlimm?"

A: „Ich bin mit dem 20 Minuten durch die Stadt gefahren, nur
um ihm das Autozu erklären."

H: „Fahrstunde. Wie mit Claudia."

A: „Das war'n Opel. Da musst Du für den Rückwärtsgang diesen Ring am Schaltknüppel hochziehen."

H: „Klar. Kenn ich."

A: „Du, der hat das nicht kapiert. Der hat ständig versucht den
Rückwärtsgang direkt einzulegen."

H: „Ach Du Scheiße."

A: „Ich hab fast die Nerven verloren. Dieser Inder. Habe ihn
dann bei mir auf dem Hof 20 Mal in die Garage fahren lassen und wieder raus."

H: „Stell mir das lebhaft vor."

A: „Pass auf, das geht ja noch weiter. Heute ruft er mich an.
Schaltung angeblich kaputt."

H: „Au Mann."

Loop #73

A: „War mit ihm dann bei Kopanski an der Tankstelle. Kopanski sagt, Schaltgestänge muss neu. Total verbogen, das Teil. Und wer muss das jetzt zahlen?"

H: „Du wahrscheinlich. Du haftest."

A: „Aber der Idiot, dieser Inder. Dieser Bekloppte hat wahrscheinlich den Rückwärtsgang mit Gewalt ohne Hochziehen reingekloppt, obwohl ich ihm 20 Mal gezeigt habe, wie's geht."

H: „Du wirst es wohl zahlen müssen."

A: „Der wollte heute das Auto zurückgeben."

H: „Nur wegen dem Rückwärtsgang?"

A: „Nee, ja, nicht nur. Außerdem hat er sich beschwert, ich hätte ihm ein Frauenauto verkauft."

H: „Wie kommt er denn darauf? Der ist ja echt bekloppt der Inder."

A: „Hat ihm wohl sein Sohn erzählt. Auch so ein Spinner."

H: „Komische Leute. Obwohl Inder sind eigentlich sehr vernünftige Menschen."

A: „Der Alte sah so aus, wie Du, wenn Du vom Skifahren kommst."

H: „Ich soll wie der Alte aussehen? Dann doch eher wie der Junge."

A: „Der Junge sah aus wie aus der Peugeot-Werbung mit dem verbeulten Auto."

H: „Gute Werbung.“

A: „Jetzt hab' ich's. DARAN liegt das. Seit dieser Peugeot-Werbung bilden sich die Inder wohl was ein.“

HMHB, Anruf von Albert

*

LEAVING LAS VEGAS

Zwei oder mehr Stunden lang sitzen wir in der Halle des Süd-
bahnhofs. Über dem Durchgang zum Gleis hängt ein bild der
Hua Huai Xi Lu aus den Zwanzigern: Nussbäume und lustige
französische Häuschen. Damals war die Stadt ja noch der
dekadente westliche Vorposten schlechthin, jetzt ist da ein
Markt. Wir waren nämlich vorgestern dort, DVD's kaufen. Marc
hat sich einige Martial Arts Filme und die Lord of the Rings-Tri-
logie geholt und ich Leaving Las Vegas. Viele der alten Häuser
stehen sogar noch. Das hat damit zu tun, dass ganz in der
Nähe dieses Gebäude steht, in dem sich die KPCh zum ersten
Mal getroffen hat. Irgendwie ist das natürlich eine unglaubliche
Frechheit, weil gleich nebenan das Glitzerparadies von Xintiandi
liegt. Sogar ein Paulaner Bräuhaus gibt es dort.

Wir werden beobachtet, von zwei Mädchen, die uns gegenüber
sitzen. Die beiden könnten gut Zwillinge sein. Sie kichern, während sie verstohlen zu uns herüberschauen und spielen an
ihren Zöpfen herum. Natürlich tragen sie Zöpfe. Wie alle jun-
gen Mädchen hier. Ich lächle sie an, fächere mir Luft zu mit der
Shanghai Daily.

Die Linke beugt sich plötzlich vor, malt mir mit dem Zeigefinger
ein Character auf den Schenkel. Ich kenne das Zeichen aber
nicht und schüttle nur den Kopf.

Aristide, Huanying goa-tse
*

EINE WOLKE BUCHENRAUCH

Als auf mein Klingeln hin niemand die Tür öffnet, schleiche ich mich über einen kleinen Pfad aus Waschbetonplatten am Haus vorbei in den kleinen Garten. Dort, hinter den quer über den Rasen gespannten Wäscheleinen, steht er: Bundeswehrparka, der über dem mächtigen Bauch spannt, eine Flasche Jever-Pilsener in der rechten Hand, einen Handelsgold-Zigarillo im Mundwinkel. Vor ihm ein L-förmiges Blechding, dass weißen Rauch ausspuckt. Sein selbstgemachter Räucherofen.

Jetzt sieht er mich, nimmt den Zigarillo aus dem Mundwinkel und begrüßt mich: „Hallo mein Junge, alles senkrecht?"

Gehäuse für elektrische Anlagen hat er lackiert, bei Gildemeister, 30 Jahre lang. Jetzt ist er seit einigen Jahren Rentner, 68 wurde er letzten Monat. Den Opel Vectra A wird er wohl noch einige Jahre behalten, der hat Niveauregulierung, ist ideal für den kleinen Wohnwagen. Dreimal im Jahr fährt er mit dem Gespann und seiner Frau nach Bornholm, jeweils 3 Wochen. Er angelt, sie löst Kreuzworträtsel und träumt davon, einmal nach Mallorca zu fliegen.

Nun stehen wir jedenfalls vor seinem Räucherofen und es riecht sehr lecker. Was er denn räuchere, frage ich ihn. „Forellen" antwortet er und erläutert: „ Waren vorgestern im Forellenpuff. Haben wie Teufel gebissen, die Mistviecher. Kriegen wenig Futter. Sechs Stück hab´ ich rausgezogen, Ingo drei, die wollten wir nicht alle braten. Ich pack´ Dir nachher eine ein. Wolls´ `ne Flasche Bier?"

Ich nehme eine. Die Sonne scheint, und obwohl es kalt ist, schmeckt das Bier. Ingo ist sein Schwiegersohn Nr. 2, Dachdecker mit eigenem Betrieb und (das ist das Beste an Ingo) passionierter Angler. Uns fehlt Gesprächsstoff, Schweigen. Mir gefällts, ich schließe die Augen und schaue in die Sonne. Ihm behagt´s weniger; er fängt an zu erzählen, Nichtigkeiten zwar, aber nie uninteressant. Der Kirschbaum kommt weg, ist innen faul. Mit Uffi (sein bester Freund, Uffmeier heißt der, glaube ich) will er unbedingt mal nach Irland, auf Lachs gehen. Ob ich `nen Obstler mittrinke? Nein, ist mir zu früh. Er hole sich aber einen, ob ich mal ein bisschen Holz nachlegen könne? Nee, kann ich nicht! Hat er nicht mehr gehört. Ich öffne eine Luke am kürzeren Schenkel des L, verbrenne mir die Finger. Mein Schrei geht in Husten über, als mich eine Wolke Buchenrauch einhüllt.

Früher, als Kind, konnte ich ihn nicht leiden: Mein Vater, der Held, der jüngere Bruder, hat ihn stets nur belächelt, weil er zufrieden war mit seinem kleinbürgerlichen Leben. Weil er immer die gleichen Witze erzählte. Weil er stolz war auf einen Wohnwagen, der nur einen Bruchteil gekostet hat vom väterlichen Mercedes, weil er stundenlang mit einer Flasche Bier im Garten sitzen konnte, ohne irgendetwas zu tun.

Meine Mutter, glaube ich, hat ihn immer gemocht, jedoch nie richtig ernst genommen. Irgendwann sagte sie mal: „Er ist sehr sanft." Ich habe das damals nicht verstanden. Für ein Kind klingt das etwa so wie: Er ist zu schwach.

„Schöner Tag, heute!", sagt er. Zwei Schnapsgläser in seiner Hand.

„Ja, schöner Tag", antworte ich und nehme ihm eines ab.

Deadly Medicine, Bielefeld
*

THATS ENTERTAINMENT

Ich versuche Nicklas von Bueren zu langweilen, mit einem Gespräch über das Elsass, während sein Bruder Sri vor Austern für mich posiert. Die Zuk Bar DJs: belagert von Alyssa Miletti, Sophia, Isabelle, Liz.

Liz, ganz unglaublich dünn und blond und grausam stylisch, in rot, sitzt später auf einem Sofa von Jim Thompson und sagt mir wiederholt, wie grässlich es ist, das Sofa und die Party und alles, ob wir nicht ins Spasso gehen sollen, aber wir sind unter keinen Umständen Mafia Chic an diesem Abend, und ich bringe ihr einen Weisswein nach dem anderen, während ich – zwischendurch also – aufgetürmte Frisuren fotografiere, als Errin ins Sukhothai kommt, zurück vom Spasso, kleinste blaue Flecken auf weissem T-Shirt, die von ungefähr zwanzig Shots kommen, wie er sagt, und die Liz verstummen lassen ueber die Party im Spasso.

Kim ist nicht da, aber Pierre und Stirling und Philipp und auch Matthew von The Darlings umrunden Liz und mich, und ich glaube, es wird gesprochen über AIDS und Salsa und über Bhutan und COMO Hotels und Distill und D'Sens und vor allem über die Sitze im D'Sens, und alle bewegen Körperteile zur Musik und alle trinken hastig, Wein und Martinis und Mojitos und irgendjemand auch eiskalten grünen Tee.

Matthew erzählt mir später, als es endlich erlaubt ist im Saal zu rauchen, dass er Dakar & Grinser liebt, seitdem er letzten November in München war, aber dann listet er, sagen wir, ein Dutzend Bandnamen und deutsche DJs auf, von denen mir kein Name etwas sagt.

Viel später, und es ist nicht mehr Donnerstag, stehe ich, noch im Anzug und unterkühlt, in der DJ Station, wo jeder raucht, und ich habe einen grässlich schmeckenden Drink in der Hand, den mir Cees gekauft hat, und das ist nur ein langer Moment jetzt, ich weiss nicht, wer mich hierhergebracht hat, denn Errin ist nicht hier, würde nie hierherkommen, und Chad und Jason und Adisorn reden auf mich ein, während ich auf die Tanzfläche schaue und mein Kopf ein wenig schwingt dabei, und ich sehe Hunderte von Oberkörpern und es läuft ein Madonna-Song nach dem anderen, es wird immer schlechter, und irgend etwas sagt mir, ich sollte die dauerhaft harten Brustwarzen zählen dort unten, aber ein Belgier zwinkert mir immer wieder unter buschigen Brauen zu, und Niphun redet betrunken vor sich her, und ich schnappe nur wenig auf davon, er erzählt mir vom C'yan, von der Langeweile in Bangkok, von Bali und komischer-weise von Austern, als Martin zu mir hochwinkt. Ich höre eine Stimme, und sie sagt, mit einem Montreal-Akzent, 'There are certain intellectual levels of stimulation that one needs in a relationship, I'm sure', und ich drehe mich fast um, zu der Stimme hin, als ein ausgemergelter Thai, fast so gross wie ich,

Loop #81

von dem ich nur weiss, dass er sich auch bei Chalachol die Haare schneiden lässt, meinen Bizeps umfasst und verwirrend sagt: 'That's entertainment.'

TomTom, Bangkok
*

TIME GHOST, ADIOS

Spätes Licht, Sorgentropfen, Belvedergasse Wien, im fünften Stock, bei Professor Kammermeier. Die ganzen Stunden haben nur ein einziges Mal ein wenig nach Grinzing geschmeckt, als er sich über die Stirne strich.

Leicht, klassisch, heute: ZEITGEIST.

Der Künstler hat ein fulminates Farbencrescendo mit aspikartigen Verfremdungen in der Untergrundergusstechnik auf altem, nass gegerbten Fohlenleder geschaffen.

Es trifft den Geist, die Zeit, es lebt, es hat genau gesprochen, unsere Ahnungen und Ängste bewusst gemacht.

Schweiß.

Ich habe gut zugehört. Mein nächstes Bild wird besprochen. Rot ist aggressiv und lila verlogen, mein Duktus ist von ländlicher Naivität, fehlgeschlagen meine Absicht herauszufordern, dieser abgetrennte Arm im oberen Bilddrittel, anatomisch zu genau, ein wenig zu viel Aktionisten gesehen, was?

Er schweigt, leider der Geist.

Heißer guter Brauner durch meine Kehle, er rinnt so lange bis ich mich an eine wirklich ernsthafte Arbeit erinnere, Kinder, rennen, immer am Rand der Zeit, sie pfeifen durch die Gassen, obwohl, Lehrmeister im Unterbrechen, nichts sei Ganz.

Loop #83

Ich male ein großäugiges Kindergesicht, ein Teil verschwindet in einem schwarzen Loch und aus einem Auge wird ein hämisch grinsender Hippie.

Mein Bild ist irgendwie pathologisch, ich solle doch mal, in Jacques Weingalerie, vielleicht auch nicht mehr soviel...

Mein PROF ist ein Mann aus Welt, er färbt sich den Bart, legt Wert auf Custodes und raucht nur Eve.

Vielleicht erfordert ja Malerei die Distanz, die Töne, aus dem woraus der Geist irdene Krüge macht, Gefäße der Ewigkeit, in denen wir unsere Seelen auf klaren Wasseroberflächen reflektiert sehen.

Ich male ein Kind, es ist kaum zu sehen, unter den Spuren seiner Sprünge in der Luft, Lachen verfängt sich in zahllosen Pünktchenreihen, auch Anton, Lotte, gelb und oliv.

Öl und Salbeikrümmel wirken, wie echt auch das Band, das uns bindet, cinturon, adhesivos, lactoloses, dann die Oberfläche: apricot.

Dieser hat nur ein bisschen Schellack auf eine CD gepresst und diese mit einem Nylonfaden in die Ecke eines aufgeschnittenen Bierfasses gehängt. Die Welt sieht, wir können nur schweigen, sakrale Sozialskulptur.

Auch der gelbe Porsche. Flatz, Ratz, geniös, nur leider, Dein Bild ist, vielleicht brauchst Du mehr davon, verstehst Du, um es wegzulassen?